Vines of the Earth

Written by Adam Del Rio • Illustrated by David Arroyo

Parras de la tierra

Escrito por Adam Del Rio • Ilustrado por David Arroyo

Lectura Books
Los Angeles

Mario was running so fast that everything around him seemed to speed by in a blur. He ran and ran. He was looking for food but everywhere he looked there was nothing. Just empty pots, barren fields. With a start he woke up. He was dreaming again about his childhood and the many nights when he went to bed hungry.

Mario estaba corriendo tan rápido que todo a su alrededor se veía borroso. Corría y corría. Buscaba comida pero dondequiera que miraba no había nada. Sólo había ollas vacías y campos sin cultivo. De repente se despertó. Estaba soñando otra vez de su niñez y las muchas noches que se acostó con hambre.

3

He knew that was the past. Now he had his own family in California. They lived among the vines of the earth where they grew grapes that they made into wine. But it wasn't always that way.

Él sabía que eso estaba en el pasado. Ahora tenía su propia familia en California. Vivían entre las parras de la tierra donde cultivaban uvas que luego convertían en vino. Pero no siempre fue así.

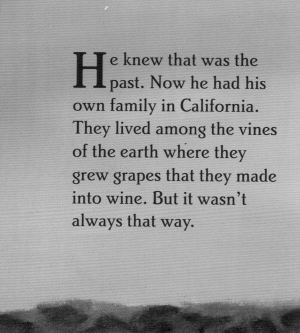

Mario Reynoso will never forget coming to the United States from a small village in Mexico. The village was so tiny that it never appeared on any map. It was also a place where Mario knew the dull constant ache of hunger. He knew the cramping and faintness that comes when there is no food in your stomach.

He was sixteen when he started picking grapes and he fell in love with them. He remembers holding a purple grape in his hand, squishing it, seeing its juice run and then tasting the flavor. It was intense.

Mario Reynoso nunca olvidará su viaje de un pueblito mexicano a los Estados Unidos. El pueblo era tan pequeño que nunca aparecía en ningún mapa. También era un lugar donde Mario conocía el dolor constante del hambre. Había vivido los retorcijones y la debilidad que uno padece cuando no tiene comida en el estómago.

Tenía dieciséis años cuando empezó a recolectar uvas, y se enamoró de ellas. Recuerda lo que fue tomar una uva morada en su mano, exprimirla, ver como se escurría su jugo y finalmente, probar su sabor. Era intenso.

One day when he had finished picking grapes the foreman came over to him.

"Mario," he asked, "would you like to taste the wine we made?"

"Yes," Mario said. He was surprised to be asked but he had always wanted to know what happened to the grapes he had picked in the hot sun.

And once again he fell in love but this time it was from knowing that the grapes on the vines that grew from the earth could also become this wine with flavors on top of other flavors: blackberry, plum, fig, moist soil and something beyond taste, like a vapor of a scent, all mixed together.

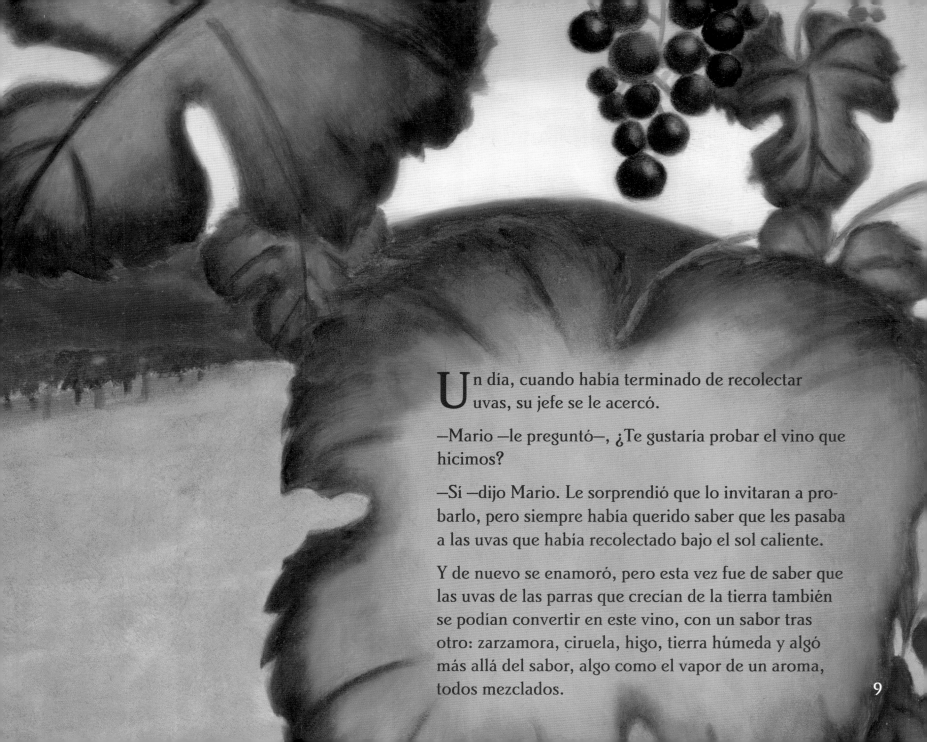

Un día, cuando había terminado de recolectar uvas, su jefe se le acercó.

—Mario —le preguntó—, ¿Te gustaría probar el vino que hicimos?

—Sí —dijo Mario. Le sorprendió que lo invitaran a probarlo, pero siempre había querido saber que les pasaba a las uvas que había recolectado bajo el sol caliente.

Y de nuevo se enamoró, pero esta vez fue de saber que las uvas de las parras que crecían de la tierra también se podían convertir en este vino, con un sabor tras otro: zarzamora, ciruela, higo, tierra húmeda y algó más allá del sabor, algo como el vapor de un aroma, todos mezclados.

9

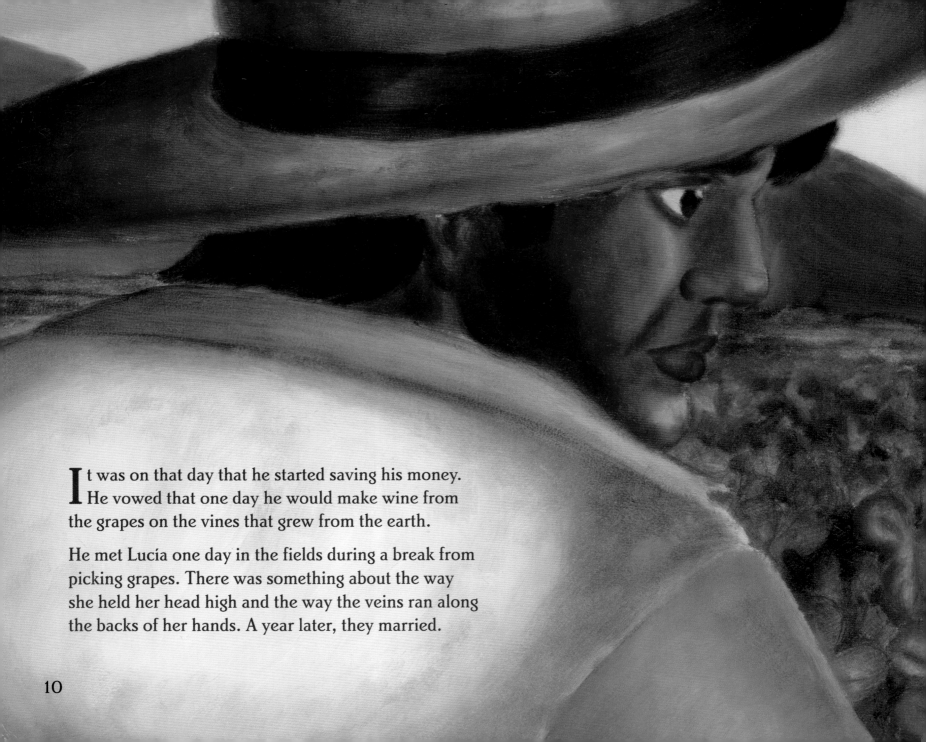

It was on that day that he started saving his money. He vowed that one day he would make wine from the grapes on the vines that grew from the earth.

He met Lucía one day in the fields during a break from picking grapes. There was something about the way she held her head high and the way the veins ran along the backs of her hands. A year later, they married.

Ese día empezó a ahorrar su dinero. Juró que algún día él haría vino usando las uvas que crecían en las parras de la tierra.

Conoció a Lucía en los huertos mientras se tomaba un descanso de la recolecta de uvas. Había algo especial en su postura, con su cabeza en alto y algo especial en las venas que corrían a lo largo de sus manos. Un año después, se casaron.

11

They liked to take long walks together in the hills of Napa and watch the sun set on the great vineyards of the valley.

"Lucia," he told her, "one day, we will have a vineyard. One day, we will make wine."

Lucia believed in him. She had never met a man who worked so hard and who saved every single extra penny. She knew in her heart that his dream would come true one day and that together they would make a family, a home and a vineyard.

Les gustaba dar largas caminatas por las lomas del valle de Napa y ver la puesta del sol sobre los viñedos del valle.

—Lucia —le decía—, algún día, nosotros tendremos un viñedo. Un día, haremos vino.

Lucia creía en él. Ella nunca había conocido a un hombre tan trabajador que ahorraba cada centavito que le sobraba. Sabía, en el fondo de su corazón, que algún día su sueño se haría realidad y que juntos tendrían una familia, un hogar y un viñedo.

Soon, they had nine children and after twenty long years Mario had saved enough money to buy a patch of dry, rocky land in the Napa Valley. Every day he visited the land, and held the earth in his hands and smelled it and he began to know it, the way some mothers know the way their babies smell. He could sense the minerals, the sun's burnt scent and the wind's gentle whisper on the earth he held in his hand.

Algún tiempo después tuvieron nueve hijos y después de veinte largos años Mario había ahorrado suficiente dinero para comprar un pequeño terreno de tierra seca y rocosa en el valle de Napa. Cada día visitaba su terreno, tocaba la tierra, la olía y comenzó a conocerla, de la misma manera que algunas madres conocen al olor de sus bebés. Podía sentir los minerales, el olor de la tierra quemada por el sol y el suave suspiro del viento en el polvo que tenía en sus manos.

15

For years Mario worked hard to achieve his dream. Some days he would work 14, sometimes 16 hours and then he would go and work his own little field until midnight or later. And he kept saving. There were no vacations or restaurant meals for the Reynoso family.

Durante muchos años Mario trabajó para cumplir su sueño. Algunos días trabajaba catorce horas, otros dieciséis, y después iba a su propio terrenito y trabajaba hasta medianoche o aún más tarde. Y seguía ahorrando. La familia Reynoso ni se tomaba vacaciones ni comía en restaurantes.

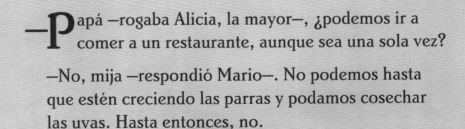

"Papa," pleaded Alicia, the oldest, "can't we go out to eat at a restaurant just once?"

"No, honey," Mario replied. "Not until we have the vines growing and we can harvest the grapes. Not until then."

—Papá —rogaba Alicia, la mayor—, ¿podemos ir a comer a un restaurante, aunque sea una sola vez?

—No, mija —respondió Mario—. No podemos hasta que estén creciendo las parras y podamos cosechar las uvas. Hasta entonces, no.

19

He worked and worked and saved and saved. His family understood that he had a dream and as they grew up they saved, too. And they worked next to him in their field planting, pruning, caring for the grapes; nurturing them until one day they started making their own wine. And, still, Mario kept buying pieces of land until they had more than 200 acres.

Él había trabajado y trabajado y ahorrado y ahorrado. Su familia entendía que tenía un sueño y a medida que iban creciendo, también ellos ahorraban. Trabajaron a su lado, en sus huertos. Sembraban, podaban, cuidaban las uvas y las mantenían sanas hasta que un día empezaron a hacer su propio vino. Y Mario siguió comprando terrenos hasta que tuvieron más de 200 acres.

It took almost forty years but Mario's dream came true. The migrant worker from a tiny village in Mexico now owns his own family winery: The Reynoso Napa Vineyard.

Le tomó casi cuarenta años lograrlo, pero el sueño de Mario se volvió realidad. El trabajador inmigrante de un pueblito de México ahora es dueño de su propio viñedo familiar: el Viñedo Reynoso.

One evening, Mario sat on a wooden bench near the Reynoso Vineyard and he looked out at the green grape leaves, the size of saucers, waving in the wind and he smiled as he sipped a glass of his own wine. It took a long time, he thought, but it was worth every second, every bead of sweat, every tear and every sacrifice.

-The End-

Un día al atardecer, Mario se sentó en una banca de madera cerca del Viñedo Reynoso y miró a las hojas de parra, verdes y del tamaño de platillos, ondeando con el viento y sonrió mientras tomaba un sorbo de su propio vino. Le había tomado mucho tiempo, pensó, pero cada segundo, cada gota de sudor, cada lágrima y cada sacrificio habían valido la pena.

-Fin-

Vocabulary - Vocabulario

Pots
Ollas

Grapes
Uvas

Vines
Parras

Harvest
Cosecha

Sun
Sol

Soil
Tierra

Village - Pueblo

26

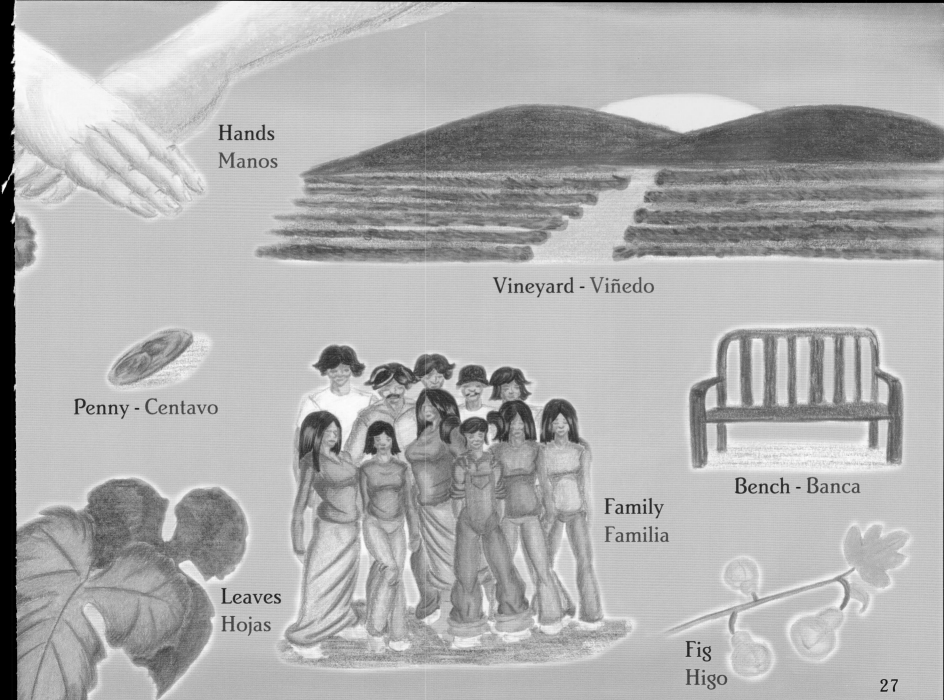

Hands
Manos

Vineyard - Viñedo

Penny - Centavo

Family
Familia

Bench - Banca

Leaves
Hojas

Fig
Higo

27

4th Edition

Publisher's Cataloging-In-Publication Data
(Prepared by The Donohue Group, Inc.)

Del Rio, Adam.
  Vines of the earth / by Adam Del Rio ; illustrated by David Arroyo = Parras de la tierra / por Adam Del Rio ; ilustrado por David Arroyo.

   p. : col. ill. ; cm.

  This story was inspired by migrant farm workers whose dreams came true = Este cuento fue inspirado por los trabajadores campesinos inmigrantes cuyos sueños se hicieron realidad.
  English and Spanish.
  ISBN-13: 978-0-9772852-7-3
  ISBN-10: 0-9772852-7-8
  ISBN-13: 978-0-9772852-6-6 (pbk.)
  ISBN-10: 0-9772852-6-X (pbk.)

1. Migrant labor–California–Juvenile fiction. 2. Wineries–California–Juvenile fiction. 3. Migrant labor–California–Fiction.
4. Wineries–California–Fiction. 5. Spanish language materials–Bilingual. I. Arroyo, David. II. Title. III. Title: Parras de la tierra

PZ73 .D457 2006
813.6   2006931726

Lectura Books
1107 Fair Oaks Ave., Suite 225, South Pasadena, CA 91030
1.877.LECTURA · www.LecturaBooks.com

Printed in Malaysia ○ TWP ○ 2019 ○ 10th PRINTING